En el **ZOO**

Lada Josefa Kratky

ZOOLÓGICO

 |

Vi dos elefantes.

Vi dos osos.

Vi un oso y un osito.

Vi una iguana.

¡La vi de cerca!

Vi una araña en
su telaraña.

Vi una urraca.

Estaba en una rama.

¡Vi un monito
tan chistoso!

¡El monito me saludó a mí!